पेंगुइन स्वदेश

एक मुट्ठी अक्षर

अमृता प्रीतम पंजाबी के सबसे लोकप्रिय लेखकों में से एक हैं। अमृता प्रीतम का जन्म 1919 में गुजरांवाला पंजाब (भारत) में हुआ। उनका बचपन लाहौर में बीता और शिक्षा भी वहीं हुई। किशोरावस्था से उन्होंने लिखना शुरू किया। उन्होंने सौ से अधिक कविताओं की पुस्तकें लिखीं, साथ ही फिक्शन, बायोग्राफी, आलेख और आटोबायोग्राफी लिखकर साहित्य में नया मुकाम हासिल किया। इनकी तमाम पुस्तकों का कई भारतीय भाषाओं सहित विदेशी भाषाओं में भी अनुवाद हुआ। अमृता प्रीतम पहली महिला लेखिका हैं, जिन्हें 1956 में साहित्य अकादमी पुरस्कार मिला। 1982 में उन्हें *काग़ज़ ते कैनवास* के लिए ज्ञानपीठ पुरस्कार मिला। 2004 में पद्मविभूषण भी प्रदान किया गया।

एक मुट्ठी अक्षर

अमृता प्रीतम

पेंगुइन स्वदेश
पेंगुइन रैंडम हाउस इंप्रिंट

पेंगुइन स्वदेश

यूएसए। कनाडा। यूके। आयरलैंड। ऑस्ट्रेलिया। सिंगापुर
न्यू ज़ीलैंड। भारत। दक्षिण अफ्रीका। चीन

पेंगुइन स्वदेश, पेंगुइन रैंडम हाउस ग्रुप ऑफ़ कंपनीज़ का हिस्सा है,
जिसका पता global.penguinrandomhouse.com पर मिलेगा

पेंगुइन रैंडम हाउस इंडिया प्रा. लि.,
चौथी मंज़िल, कैपिटल टावर-1, एम जी रोड,
गुरुग्राम 122 002, हरियाणा, भारत

पेंगुइन
रैंडम हाउस
इंडिया

प्रथम हिन्दी संस्करण हिन्द पॉकेट बुक्स द्वारा 1993 में प्रकाशित
प्रस्तुत हिंदी संस्करण पेंगुइन स्वदेश में पेंगुइन रैंडम हाउस द्वारा 2026 में प्रकाशित

10 9 8 7 6 5 4 3 2

ISBN 9789353497323

मुद्रकः रेप्रो इंडिया लिमिटेड

www.penguin.co.in

संध्या भाषा

कबीर ने अपनी वाणी को 'संध्या भाषा' कहा है, जब हम न पूरी तरह सोई हुई अवस्था में होते है, न पूरी तरह जाग्रत अवस्था में . . .

हमारा चेतन मन, हमारे घर परिवार और समाज और सियासत के दिए हुए चिंतन का संग्रह होता है। अर्जित ज्ञान का संग्रह, जो सहज मन का कितना ही हिस्सा नकार देता है, और हमारा अवचेतन मन जाने कितनी सदियों के अनुभव को अपने में लिए हुए होता है और वह सब कुछ जाने कितनी पर्तों में संजोया हुआ अकसर ख़ामोश बना रहता है . . .

यह सिर्फ़ कबीर हुए हैं, जिन्होंने कृष्ण की तरह–सब कुछ स्वीकारते हुए, अपने अंतर में उतर कर जिस वाणी को पाया, उसे 'संध्या भाषा' का नाम दिया . . .

एक शायर भी इतना भर समर्थ ज़रूर होता है कि वह इस अवस्था को अगर पा नहीं सकता, तो पहचान ज़रूर सकता है। कभी–कभी सोते–जागते वह इसकी झलक ज़रूर पाता है . . .

यही सब मन में था कि मैं गए सालों में लिखी हुई अपनी कविताओं को देखने लगी, तो कितने ही वे वक्त सामने आए, जिन्हें संध्या काल कहा जा सकता है, और इसी काल में लिखी हुई कविताओं को, लगा कि 'संध्या भाषा' नसीब हुई है।

आज से करीब चौबीस साल पहले मैंने एक कविता लिखी थी, 'नौ सपने'। उन दिनों, जिस माँ ने गुरू नानक जैसे पुत्र को जन्म दिया, वह मेरी आंखों में बसी रहती थी।

इस में मेरे संस्कारित मन का कुछ असर जरूर होगा, नहीं तो वह माँ बुद्ध की भी हो सकती थी, कृष्ण की भी, या क्राइस्ट की भी, लेकिन वह मां नानक की थी . . .

मैं उस अवस्था को झेल नहीं पा रही थी; और मेरी कल्पना उस माँ के गिर्द लिपट रही थी, जब नानक जैसा बच्चा उसकी कोख में था . . . लगा, वे गर्भ के नौ महीने नौ सपनों जैसे होंगे, अलौकिक सपनों जैसे, जिनमें माँ के प्राण भीगते रहे होंगे . . .

तब मैं तीर्थंकर प्रथा को नहीं जानती थी कि हर तीर्थंकर के जन्म के समय उसकी माँ को चौदह स्वप्न आते हैं, जिनमें वह ऐरावत हाथी को देखती है, कमल–फूलों के तालाब और रतनों के अंबार उसे दीखते हैं। यह सब बाद में जाना और कुछ हैरान हुई कि नानक के जन्म के समय माँ को जो स्वप्न आए वे मेरी कविता में किस राह से चल कर आए थे . . .

यह रहस्य मैं आज तक नहीं जान पाई और इसीलिए सोचती हूँ कि ऐसी कविताओं की भाषा को 'संध्या भाषा' कहा जा सकता है . . . इस कविता का अक्षर–अक्षर लिखते हुए लगता था–मैं इस लोक में नहीं हूं . . .

और अब चौबीस साल के बाद 'देव आनंदा' नाम की वह ब्राह्मण स्त्री मेरे भीतर कुछ इस तरह उतर गई, जिसके लिए हमारा इतिहास कहता है कि श्री महावीर को उस देव आनंदा ने अपने गर्भ में धारण किया था।

वह गर्भ बयासी दिन का था, जब देवताओं में खलबली उठी कि किसी तीर्थंकर का जन्म किसी ब्राह्मण घर में नहीं हो सकता। आज तक कभी नहीं हुआ। इससे पहले तेईस तीर्थंकर हो चुके। सब क्षत्रिय राजाओं के घर जन्मते रहे और अब चौबिसवां तीर्थंकर किसी ब्राह्मण के यहां जन्म नहीं ले सकता। इसलिए देवताओं ने घबरा कर देव आनंद की कोख से उस गर्भ को उठा लिया और कुण्ड ग्राम की रानी त्रिशला की कोख में रख दिया . . . और वह जो सपनों की प्रथा चली आती थी, वह देव आनंदा के गर्भ के समय भी फलित हुई और रानी त्रिशला के गर्भ के समय भी।

इसके बाद इतिहास ख़ामोश रहता है और इस वाक़या को अपने हाथ से उठा कर एक तरफ़ रख देता है और देवताओं के उस जश्न में शामिल हो जाता है, जो रानी त्रिशला के महल में महावीर के जन्म के समय हुआ . . .

और वह देव आनंदा, जो इतिहास की दो पंक्तियों में सिमट गई, मेरे अंतर में बसने लगी। . . . अभी इन दिनों जब वह मेरी कविता में उतरी, तो लगा, अक्षर प्राणमय हो गए हैं . . .

चौबीस साल के फासले पर यह दो घटनाएं खड़ी हैं, अपनी–अपनी इकाई को लिए हुए, लेकिन लगता है, वे किसी धागे से जुड़ी हुई भी हैं और उसी धागे को मैं नाम दे रही हूँ–'संध्या भाषा'।

इसी ‘संध्या भाषा’ को मैंने जिंदगी में कई बार सुना है। किसी उस किताब के अक्षरों में भी, जो किताब स्वप्न में देखी और जाना कि वह मैंने पूर्व–जन्म में लिखी थी। किताब बीच से खुली पड़ी थी, इसलिए जो दो–एक पंक्तियाँ पढ़ पाई, वही अब स्मृति में हैं और कुछ भी स्मृति में नहीं है।

चेतन मन चाहता है–मैं उस पूरी किताब को स्मृति में रख सकती, पर कुदरत शायद नहीं चाहती कि वह सब मेरी आज की पहचान में आ जाता . . . लेकिन जितना भर पाया है, वह इसी किसी संध्या काल की बेला में पाया है।

पूरी या अधूरी स्वप्न अवस्था में लिखी हुई इन कविताओं में–एक ऐसी कविता भी है–जो मेरे पूर्व–जन्म में मेरी मौत पर मर्सिये की तरह कही गई थी और वह जिस पवन में मिल गई थी, उसी पवन में बहती हुई मैंने सुनी है . . . वह एक ही ऐसी कविता है, जो मैंने लिखी नहीं है, सिर्फ सुनी है . . .

मनोविज्ञान को जानने वाले शायद उसे मेरे अवचेतन मन की रचना क़रार देंगे, पर इस संभावना को मैं जानती नहीं, इस लिए ख़ामोश रहना होगा . . .

ये सभी कविताएं अक्षरों का और ख़ामोशी का एक संगम है ‘संध्या भाषा’ मे लिखे हुए एक मुट्ठी अक्षर . . .

अमृता

अक्षरों के अन्तराल में बसी हुई खामोशी के नाम

ककनूस

देखा था कि एक जंगल फूलों का भरा हुआ है, जिसमें एक पेड़ पर बैठकर एक ककनूस गा रहा है, फिर जैसे–जैसे गीत की आवाज़ एक तलखी में डूबती गई उसके पंखों से आग की लपटें निकलने लगीं . . .

वही आग की लपटें इतनी ऊँची होती गई कि ककनूस उनमें जलने लगा . . .

एक गहरा अहसास था कि वह मैं हूँ . . .

नहीं जानती कि अपने को मैंने ककनूस की सूरत में क्यों देखा . . .

गाते हुए भी, जलते हुए भी, और राख होते हुए भी . . .

आग की जलन से ही मैं जाग गई थी और तपती हुई उँगलियों में कलम ले कर लिखने लगी थी–

लिख जा मेरी तक़दीर को मेरे लिए
मैं जी रही तेरे बिना तेरे लिए

हरफ़ मेरे तड़प उठते इस तरह
सुलगते हैं रात भर ये तारे जिस तरह

उम्र मेरी बेवफ़ा मेरे लिए,
रूह मेरी बेचैन है, तेरे लिए

सपनों की नदिया चीर कर आ जा ज़रा,
रात बाक़ी बहुत है ना जा ज़रा

ककनूस दीपक राग को अब गाएगा
इश्क की इस आग में जल जाएगा

राख ही इस राग का अंजाम है
ककनूस की इस राख को प्रणाम है . . .

अल्लाह की दुहाई

पैरों के सामने कोई रास्ता नहीं था, पर मैं देख रही थी कि मेरी तक़दीर रोज़ सपनों में कोई संकेत देती है . . .

कुछ याद में नहीं आता था, पर लगता था–

कुछ खो गया है . . .

एक मकान दिखाई देता था, दो मंजिला, जिसकी एक खिड़की उस तरफ़ खुलती थी, जहां दूर–दूर तक हरियाली बिछी हुई थी और उस मकान के पहलू में एक नदी बहती थी . . .

उसी खिड़की के पास कोई खड़ा दिखता था, पर मैं उसे पीठ की ओर से देख सकती थी, पहचान नहीं सकती थी . . .

और यह सपना क़रीब बीस वर्ष आता रहा . . . वह बीस वर्ष कैसे कटे मैं ही जानती हू ! लेकिन मैं इसे ख़ुदा का कर्म मानती हूँ जिसने मुझे कुछ लिख पा सकने की तौफ़ीक़ दी थी . . .

उन्हीं दिनों की एक **नज़्म है 'अल्लाह की दुहाई'**

चैत का बंजारा था–
कन्धों पर गठरी लिए आया
इश्क का नाफ़ा[1] ख़रीद लिया मैने
तो बोला–अल्लाह की दुहाई है !

विरह का एक खरल था–
मैं सुरमे सी पिस गई उसमें
तो नील गगन की सुन्दरी
चुटकी भर माँगने आई है . . .

तिनकों की मेरी झोंपड़ी
कोई आसन कहाँ बिछाऊँ
कि तेरी याद की चिन्गारी–
मेहमान बन कर आई है . . .

मेरी आग मुझे मुबारक,
कि आज सूरज मेरे पास आया
और एक कोयला माँग कर उसने
अपनी आग सुलगाई है . . .

सन् १९५९

१. कस्तूरी के नाफ़े की तरहा/मृग नाभि जिसमें कस्तूरी रहती है

ज़िन्दगी

किसी आदिकाल का एक परिचय–सा बहुत बाद में पाया, जब देखा कि सूरज पर एक विस्फोट हुआ और आग के छोटे बड़े टुकड़े उड़ने लगे . . .

वही आग का एक टुकड़ा जब धरती पर गिरा तो लगा, मुझे सोई हुई को भी एक चोट–सी आई है . . .

एक कंपन बदन में उत्तर गया, पर जो दिख रहा था, वह उसी तरह दिखता रहा . . . और एक आवाज़ सुनाई दी–पहचानो ! तब तुम्हारा नाम उल्का था . . .

मैं घबरा कर जाग गई . . . वह लफ़्ज़ उल्का मेरे होठों में तड़प रहा था . . .

यह १९९१ की बात है, पर हैरान हूँ कि किसी टूटते हुए तारे को देखकर ज़िंदगी–भर क्यों लगता रहा कि वह मैं हूँ . . . यह नज़्म 'ज़िंदगी' १९५९ में लिखी थी . . .

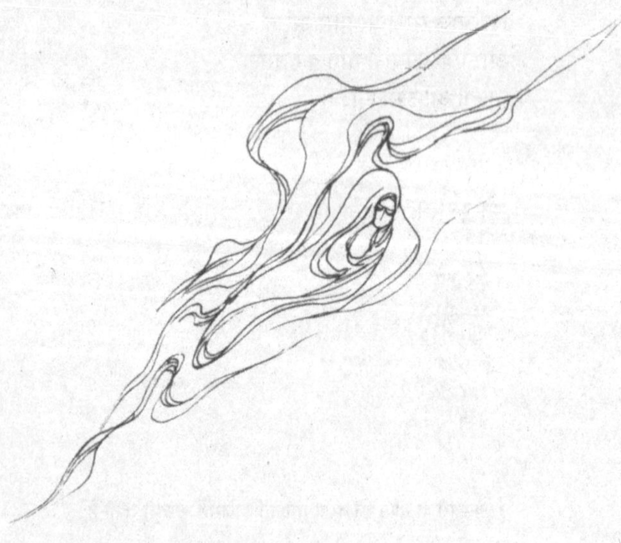

यह ज़िन्दगी एक रात थी
कि हम तो जागते रहे–
क़िस्मत को नींद आ गई . . .

इस मौत से वाक़िफ़ हैं हम
अक्सर हमारी ज़िन्दगी–
उसका ज़िक्र करती रही . . .

आती है अपनी याद सी
जब सामने आकाश में–
है टूटता तारा कोई . . .

सन् १९५९

यात्रा

वक़्त की छाती में पड़ा हुआ किसी रहस्य का बीज कब, पनप गया, यह तो मैं नहीं जानती, लेकिन उसी की सुगन्ध थी, जो मेरी रातों के सपनों से आती थी . . .

जाने किनती नज़्में सपनों में लिखी, जिनमें से कुछ पंक्तियाँ कभी स्मृति में अटक जातीं और कभी स्मृति के हाथ से भी छूट जातीं। एक दिन हैरान–सी ने यह भी लिखा–

बहुत ऊँची हैं दीवारें, रोशनी दिखती नहीं
रात सपने खेलती है, और कुछ कहती नहीं . . .

पर जो जान पाई, वह एक गहरा अहसास था कि अंतर के पानी से एक लहर उठी है और लहर के पौरों में यात्रा बँधी है . . .

मैं नहीं जानती–
कि 'आज' की नाव कैसी है
नहीं जानती–
कि 'कल' का द्वीप क्या होगा
पर जानती हूँ–
कि इश्क़ एक यात्री है
और इश्क़ को अकेले
इस नाव में जाना है . . .

अन्तर के पानी से–
एक लहर उठी है
और लहर के पैरों से
यात्रा बंधी है
एक किरन रोज़ आती है
कहती है–
आओ मेरे साथ आओ !
हमें सूरज के घर में जाना है . . .

मैं नहीं जानती–
कि 'आज' की नाव कैसी है . . .

सन् १९५९

मुक़द्दर

'मैं तो जनम जली' जैसे कितने ही अहसास काग़ज़ों पर उतरते रहे और वक़्त आया, लगा–

यह मेरी धरती आज व्रत खोलेगी
पर दिल की थाली कौन परसेगा
यह गीतों के चावल फटकते हुए
मेरे प्राणों की ओखली काँपने लगी है . . .

और लगा कि मरुस्थल में पानी का भुलावा पाने वाले लोग ही जानते हैं कि प्यास क्या होती है . . .

नहीं जानती कि मेरी नींद ने यह कैसा पेड़ बो लिया था और यह किस की ऊंगगालियाँ थीं, जो उस पेड़ की लकड़ी से हज़ारों सपने तराश देती थीं . . .

मेरा मुक़द्दर क्या होगा–इसका अहसास भी था और यही सोई जागती सी हालत थी, जब लिखा–

जाने ख़ुदा कि रातों को क्या हुआ
वो अंधेरे में दौड़तीं और भागतीं
चांद का जुगनू पकड़ने लगीं . . .

मेरी नींद ने एक पेड़ बोया था
ये किसके हाथ की उंगलियाँ
अब हज़ार सपने गढ़ने लगी . . .

तेरी नज़र ने जब हाथ पकड़ा
तो बातें–एक ही मुलाक़ात में
उम्र की सीढ़ियाँ चढ़ने लगी . . .

सुनार ने दिल की अंगूठी तराश दी
और मेरी तक़दीर उस में
दर्द का मोती जड़ने लगी . . .

ये जितने भी वेद और किताबें हैं
वह कौन से दिल का पेड़ था
कि ये कुछ पत्तियाँ–सी झड़ने लगी . . .

और जब दुनिया ने सूली गाड़ दी
तो हर मन्सूर की आँखें
अपने मुक़द्दर को पढ़ने लगीं . . .

सन् १९६४

कुफ़्र

वह सिसकता हुआ दिन–आज भी याद करूं, तो रगों में सुलगने लगता है, जब मेरा पूरा वुजूद एक नुक़्ते पर सिमट गया था और मैं ख़ुदा के लिए एक ऐसे उलाहने से भर गई थी कि तड़प कर कहती रही–

सूरज तो द्वार पर आ गया
लेकिन–किसी किरण ने उठकर
उसका स्वागत न किया . . .
मेरे इश्क़ ने एक ही सवाल किया था
किसी ख़ुदा से उसका जवाब न बन पड़ा . . .

कोई तड़प किसी अंधेरे को चीर सकती है, यह मेरी कल्पना में नहीं था, लेकिन यह हुआ ओर मैंने वह रास्ता देखा, जो इस जन्म में कहीं दिखता नहीं था।

यह मेध–माया नहीं थी, यह इसी धरती की हक़ीक़त थी . . .

जो दर्द कोई राह न पा सका था, वह पाताल–गंगा का पानी बन गया, उसी का नाम 'साहिर' था; और जो इबादत बनकर होठों पर आ गया, वही आकाश–गंगा का पानी हुआ, जो मेरी धरती पर बूंद–बूंद बरसने लगा और उसी का नाम 'इमरोज़' है।

कुफ़्र नज़्म इसी अहसास से आई. . .

हमने आज ये दुनिया बेची
और एक दीन ख़रीद के लाए
बात कुफ़्र की, की है हमने . . .

अम्बर की एक पाक सुराही
बादल का एक जाम उठा कर
घूंट चांदनी पी है हमने . . .

सपनों का एक थान बुना था
गज़ एक कपड़ा फाड़ लिया
और उम्र की चोली सी है हमने . . .

कैसे इसका क़र्ज़ चुकाएं
मांग के अपनी मौत के हाथों
ये जो ज़िन्दगी ली है हमने . . .

अपना इस में कुछ भी नहीं है
रोज़े – अज़ल[१] से उसकी अमानत
उस को वही तो दी है हम ने . . .

हमने आज ये दुनिया बेची . . .

सन् १९६४

१. दुनिया की शुरुआत

नौ सपने

जिस माँ ने गुरु नानक जैसे पुत्र को जन्म दिया
वह मेरी आंखों में बसी रहती थी . . .

मेरी कल्पना उस मां के गिर्द लिपट रही थी,
जब नानक जैसा बच्चा उस की कोख में था . . .

लगा–वह गर्भ के नौ महीने नौ सपनों जैसे होंगे,

अलौकिक सपनों जैसे, जिन में मां के प्राण भीगते रहे होंगे . . .

इन नौ सपनों को लिखते हुए मुझे लगा था–
मैं इस लोक में नहीं हूं . . .

तृप्ता चौंक कर जागी
लिहाफ़ को संवारा
लाल लज्जा–सा आंचल
कन्धों पर ओढ़ा . . .

अपने मर्द को देखा,
तो सफ़ेद से बिछौने की
सलवट की तरह झिझकी
कहने लगी–
हस माघ की रात में
नदी में पैर डाला
तो देखा–
इस ठंण्डी–सी रात में
नदी गुनगुनी–सी हुई
बात अनहोनी–
पानी को छुआ–
तो नदी दूध की हुई . . .
मैं दूध में नहाई . . .
मैं नहीं जानती
कि मेरे इस गांव में
मेरी तलवंडी में
यह कैसी नदी थी
और कैसा स्वप्न था . . .
नदी में चांद तिरता था
हथेली पर चांद रखा
घूंट पिया
तो नदी का पानी

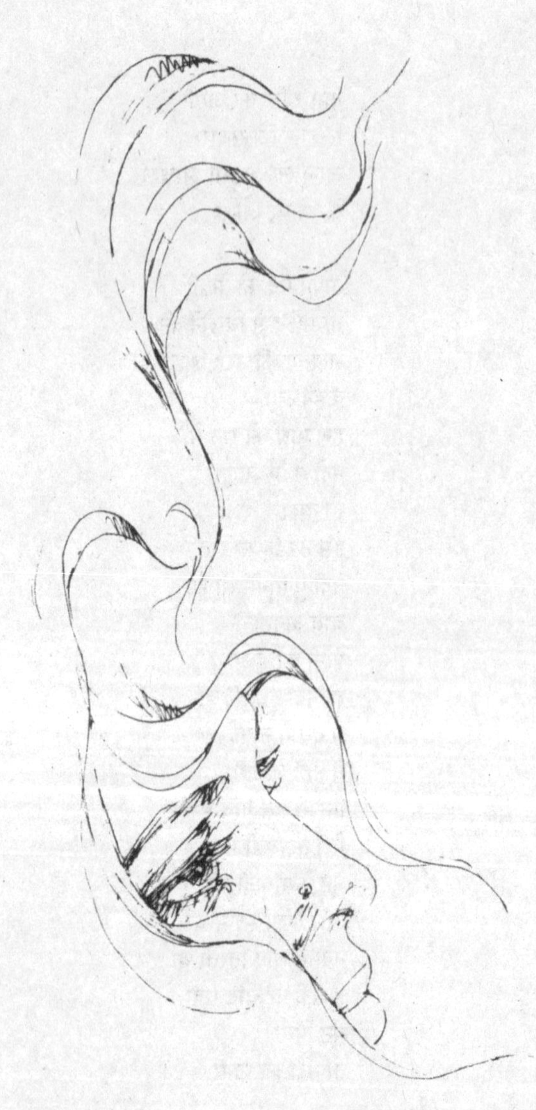

मेरे ख़ून में मिलता रहा
और वही रोशनी का कण
मेरी कोख में हिलता रहा . . .

फागुन की कटोरी में
सात रंग घोलूं
मुख से ना बोलूं

यह मिट्टी की काया
सार्थक होती
जब कोख में
एक नीड़ बनता है . . .

यह कौन–सा जप है
कौन–सा तप है
कि मां को
ईश्वर का दीदार
कोख में से होता है . . .

कच्चे गर्भ की उबकाई
उकताहट–सी आई
मथने के लिए बैठी
तो मक्खन–सा हिलने लगा
मटकी में हाथ डाला,
तो सूरज का पेड़ा निकलने लगा . . .
यह कैसा भोग था मेरा
कैसा संयोग था मेरा
और चैत के महीने
यह कैसा स्वप्न था?

मेरे से मेरी कोख तक
यह सपनों का फ़ासला . . .

जिया खिलता रहा
हिया डरता रहा
बैसाख के महीने
यह कैसा गेहूं था
छाज में फटकने बैठी
तो छाज तारों से भर गया . . .

आज भीगी रात की बेला
इस जेठ के महीने
यह कैसी आवाज़ थी
जल में से थल में से
नाद–सा उठता रहा . . .
यह मोह का और माया का गीत था?
या ईश्वर की काया का गीत था?
कोई दैवी सुगंध थी?
या मेरी नाभि की गंध थी?

मैं सहम–सहम जाती रही
डरती रही
और उसी आवाज़ की सीध में
बनों में चलती रही
यह कैसी आवाज़ थी
यह कैसा स्वप्न था
मैं एक हिरनी
बावरी–सी होती रही
और अपने कान
कोख से लगा कर
आवाज़ को सुनती रही . . .

आषाढ़ का महीना
तृप्ता की आंख खुली

जैसे एक फूल खिलता है
जैसे एक दिन चढ़ता है . . .

यह कौन–सा सरोवर
कि अभी मैंने
एक हंस आते हुए देखा है
और नींद कैसी थी
कि जाग कर भी लगता है
कि मेरी इस कोख में
उसी का पंख हिलता है . . .

कोई पेड़ नहीं दिखता
कहीं कोई जीव जंतु नहीं
फिर कौन आया है
और यह नारियल कौन लाया है
मैंने नारियल तोड़ा
तो लोग गिरी लेने आए
नारियल के पानी से
शकोरे भी भर दिये
कोई रख ना, रवायात ना
दुई ना, द्वैत ना
लोग आते गए, लेते गए
और मैं तकती रही
नारियल की गिरी बढ़ती गई . . .

यह छाती का सावन
जादू–सा बुनता गया
और वही नारियल का पानी
दूध–सा बनता गया

यह भादों का महीना
जादू का महीना

सोचती हूं–
गर्भ के बच्चे का चोला
कौन सीएगा?

यह कैसा अटेरन है
कि रातें अंधेरी हैं
और फिर भी लगा
कि रात–भर मैंने
किरनें अटेरी हैं . . .

असौज के महीने
तृप्ता जागी, उदासीन हुई
मैं किसके लिए कातती हूं
मोह की पूनी
मोह के तारों में
आसामान नहीं लिपटता
सूरज नहीं बंधता
यह सच सी वस्तु
इसका चोला नहीं बनता . . .

तृप्ता ने अपनी कोख के आगे
माथा झुकाया
सपनों का मर्म पाया
जाना–
यह ना अपना ना पराया
कोई अज़ल का योगी
मौज में आया
ऐसे ही घड़ी–पल बैठा
तापे कोख की धूनी
मैं किसके लिये कातती हूं
मोह की पूनी . . .

मेरा कार्तिक धर्मी
मेरी जिंद सुकर्मी
मेरी कोख की धूनी
काते आग की पूनी . . .
अब रोशनी का कण छूने लगा
मेरी देह का दीया जलने लगा . . .

सन् १९६१

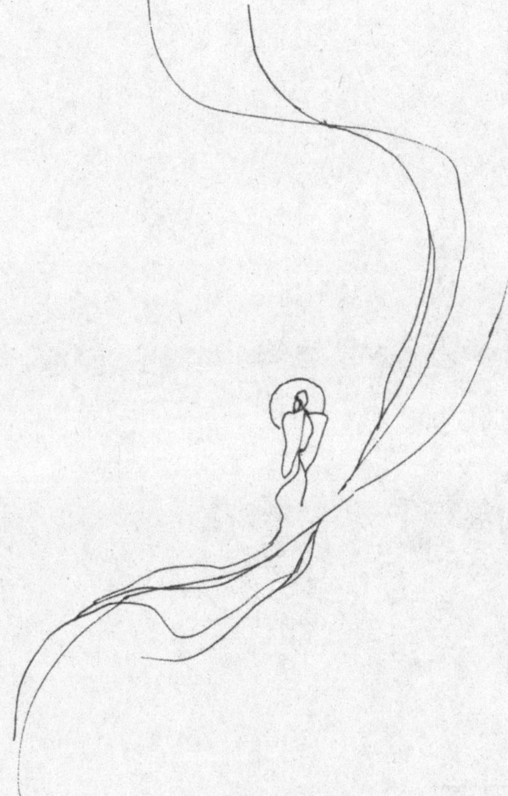

अक्षर[1]

हर नज़्म एक तरह से आत्म–कथा होती है, लेकिन एक ख़ास वक़्त के ख़ास क्षणों को लिए हुए। अगर उन सब को सिलसिलेवार देखा जाए, तो पूरी ज़िंदगी का अनुमान सामने आ सकता है, फिर भी जिस एक नज़्म को अपनी आत्म–कथा कह सकती हूँ, सीधे से मायनों में, वह एक ही कविता है 'अक्षर', जिस में मां बाप और माहौल का एक सीधा ब्योरा है, और साथ ही वह अंतर–वेदना, जो मेरे बचपन से मेरे साथ चलती रही–

१. १९७१ में लिखी अपनी आत्म–कथा

एक पत्थरों का नगर था–
सूर्यवंश के पत्थर
चन्द्रवंश के पत्थर
उस नगर में रहते थे

और कहते हैं–
जुल्मी राजाओं का राज था
न राजाओं के कान थे
न प्रजा की आवाज़ थी

और तभी–
वे लोग जब रोये थे
पत्थर के हुए थे

पत्थर के देवता
पत्थर के पुजारी
मिलन अंग न छूता
और बिरहा भंग न होता

पत्थरों के नगर में–
सुर्य का घोड़ा हिनकता
पत्थरों पर पैर पटकता
बादलों के हाथी चिंघाड़ते
पत्थरों क़ो पैरों से उखाड़ते
रातों का अँधेरा फुंकारता
पत्थरों पर कुण्डली मारता
और तब हाकिमों के हुक्म
दफ़ा एक सौ चवालीस . . .

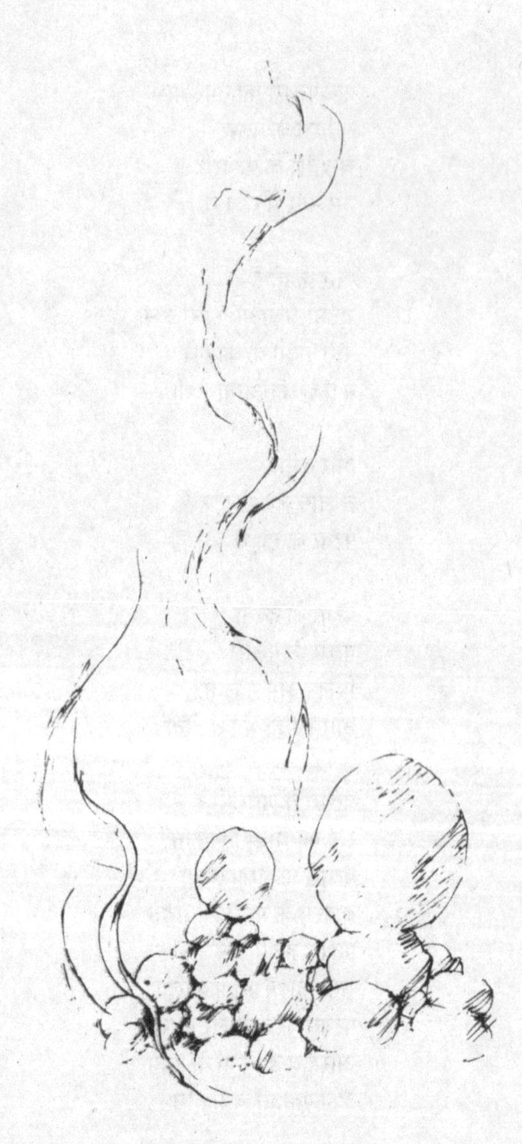

और पत्थर सहम कर बैठते
जब दिलों के कोने में
तो छाती के हर्ष–सा
कोई पीला पुष्प–पत्र
या हरित घास का तृण
एक पत्थर से फूटे
ज्यों काँप कर एक ऋषि की
तपस्या टूटे . . .

जीवन बुझता और जलता था
और ऐसे पत्थरों के नगर में
पत्थरों का वंश बढ़ता था . . .

एक थी शिला
एक था पत्थर
उन का उस नगर में
संयोग लिखा था–
उन्होंने मिल कर
एक वर्जित फल चखा था
मैं अब भी बैठू –
तो एक ख़याल आता है
कि मैं भी जो होती एक हरी पत्ती

उन के तन का निःश्वास–
एक हरी कोंपल
तो उन की छाती मुझे नसीब होती . . .
सूरज का घोड़ा हिनकता
बादलों के हाथी चिंघाड़ते
और रातों के सर्प
राजाओं के हुक्म फुंकारते . . .
पर उन की ओट में
मैं सहज बैठ जाती

और किसी–
ममता की दरार में छुपी रहती . . .
पर शायद वे चकमक पत्थर थे
जो मैले आसमान के नीचे
मैली धरती के ऊपर
एक पत्थरों की सेज पर सोए
और पत्थरों की रगड़ में से
मैं आग–सी जनमी
–आग की ऋतु में . . .

देह से आग जनमी
तो पत्थर भी कांप गया
शिला भी कांप गई
फिर देह की आग
आँचल में डाली,
और धुएँ की घुट्टी
आग को चटाई . . .
हँसी तो हँसी
एक पवनों की दाई
रोए तो रोए
जिस ने कोख से जाई :

"पत्थरों की गोद में
आग ना खेले
पत्थरों के दुख
होते पत्थरों सरीखे,
पत्थरों की जीभ पर
पत्थरों के छाले
हम धरती के हवाले
तू पवन के हवाले !"
फिर शून्य का आलम

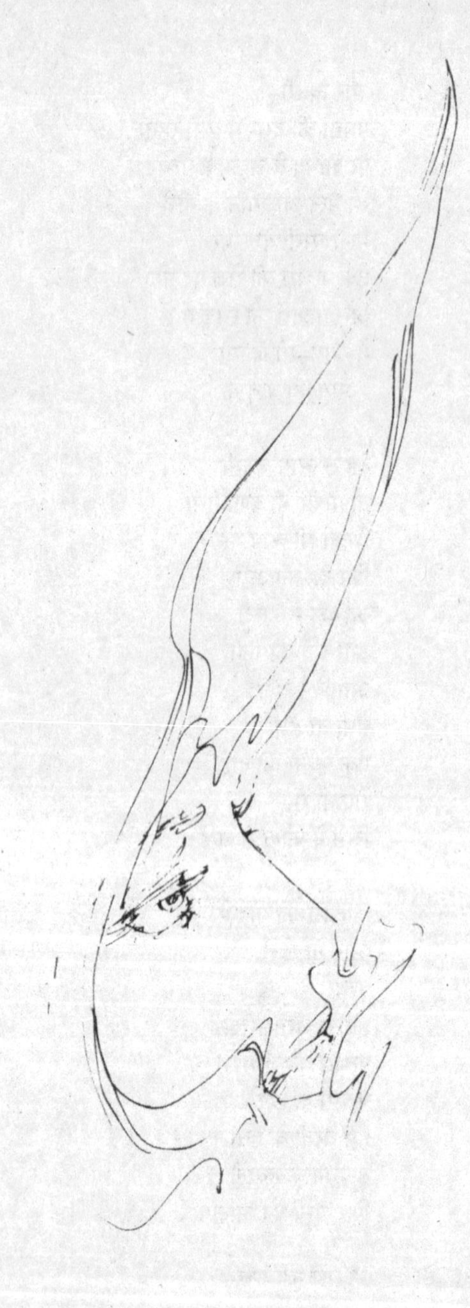

और उन्होंने कुछ न कहा
आँखें मूँदने से पहले
शायद यह भी न देखा
कि एक जनमती आग ने
एक लपट–सी साँस ली . . .

आग के होठों पर लिखीं
लम्बी–सी साँसे
और आग की हड्डियों में होते
धुएँ ही धुएँ . . .

ये बहती हवाएँ
मुझे जहाँ भी ले जातीं
गर्म–गर्म राख
मेरे बदन से झरती . . .

और रोज़ मेरी उम्र का
जो भी दिन चढ़ता
मैं उसे अंग लगाती
तो वहीं वह राख होता . . .

मैं सोचती–
कि धुएँ की लकीर–सी
माथे की लकीर काँपती है?
क्या माँ की कोख से
चिता की आग जनमती है?

मैं चिता की आग में जलती
और चिता की आग–सी जलती
पर कभी–
नींद का अँधेरा इस तरह होता

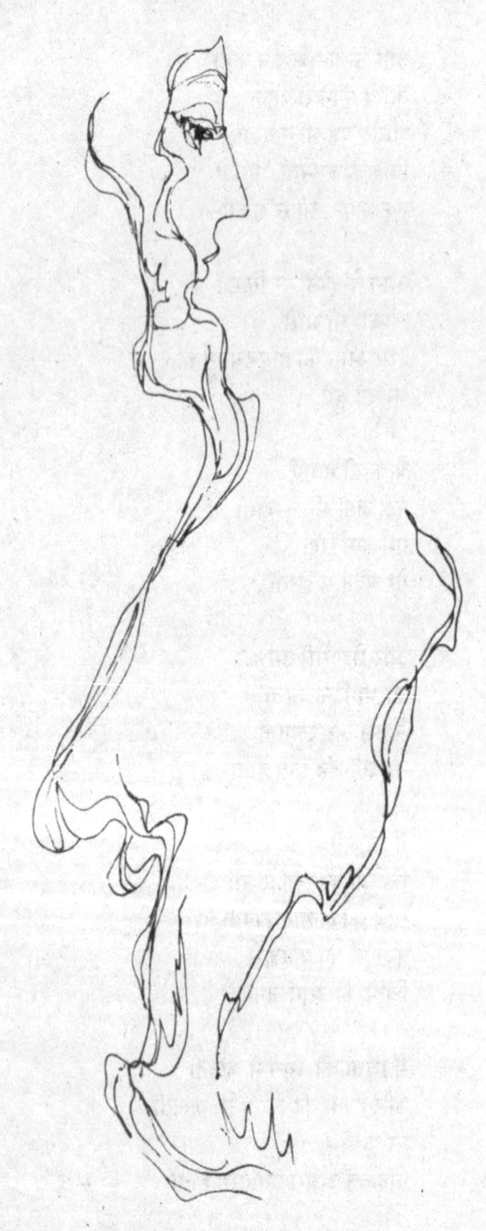

कि सपनों की नीली
लपट–सी निकलती
और लगता–
कि चिता की आग,
आग का अपमान है
और किसी सोहनी या सस्सी
या हीर में जो आग थी
मुझे उस की पहचान है

और एक सोच–सी आती
कि सिर्फ मरघट की आग
आग नहीं होती
यह आग की तौहीन है।
और लगता–
कि पत्थरों के नगर में
जो वारिस की आग थी
यह मेरी आग भी
उसी की जांनशीन है
आग आग की वारिस . . .

पर पत्थरों की नगरी
कोई आग न पाले
छातियों के चूल्हे
कोई आग न जलाये
माथों की भट्टी पर
कोई आग न सेंके
और मेरी जीभ पर उठे
उस आग के छाले

वह पत्थरों के नगर वाले
कहते और कहते–
इस आग को बुझाओ

डालो और डालो
किसी कंदरा मे छिपाओ
दो और दो
नाख़ून गले में दो
जाओ और जाओ
इसे नदी में बहाओ . . .

एक पत्थरों का नगर था
पत्थरों के किनारे
और मातृहीन आग का
कोई सेंक न बाँटे . . .

फिर वही हवा
जिस ने गोद में खिलाया
और जिस ने मेरी माँ की
माँ की, माँ को जाया
कहीं से दौड़ कर आई
और हाथों में कुछ अक्षर ले आई . . .

'यह छोटी और काली
रेखाएँ न जानना
ये रेखाओं के गुच्छे
तेरी आग के साथी
देख ! अक्षरों का होता
आग का साहस
आग का साहस
आग से बढ़ कर'

और इस तरह कहती
वह गुज़र गई आगे–
'तेरी आग की उमरिया–
इन अक्षरों को लागे।'

सच तू, सपना भी तू

पूजा घटित होती है, तो मूर्ति विदा हो जाती है . . .

पूजा मूर्ति को मिटाने की कला है. . . जब पूजा पकड़ लेती है साधक को, तो थोड़ी ही देर में वह छोर खो जाता है और अमूर्त प्रकट होने लगता है . . .

रजनीश जिस अवस्था की बात कर रहे है, मैंने उसका थोड़ा–सा अनुभव पाया है और उसी अनुभव को जो अक्षर दे पाई हूं, वे हैं – सच तू, सपना भी तू . . . ग़ैर तू, अपना भी तू . . .

सच तू, सपना भी तू
ग़ैर तू, अपना भी तू–वाह सज्जन !

खुदा का इक अन्दाज़ तू
कि फ़ज़र की नमाज़[1] तू
आज का इन्कार तू
अज़ल का इक़रार तू . . .

फ़ानी[2] हुस्न का नाज़ तू
रूह की एक आवाज़ तू
योग की इक राह भी तू
इश्क़ की दरगाह भी तू . . .

आशिक़ की इक सदा भी तू
अल्लाह की इक रज़ा भी तू
यह सरी कायनात[3] तू
खुदा की मुलाक़ात तू

सच तू, सपना भी तू
ग़ैर तू, अपना भी तू– वाह सज्जन !

सन् १९८३

१. सुबह की नमाज़ २. मिटने वाले ३. दुनिया

ख़ुदाया!

लगता है–आने वाले स्याह वक़्त के कुछ साये थे, जो मेरे अंतर मन से लिपट गए थे। मन चाहता था, इस दुनिया से चली जाऊँ। बीती हुई कुछ घटनाएँ अग्नि–परीक्षा की तरह थीं, लेकिन मैं उन से गुज़र गई थी। अहसास हुआ कि एक दिन ख़ुदा ने मेरे पेड़ पर आकर जो मन्नत माँगी थी, वह पूरी हुई, अब उसे आ कर पेड़ पर से वह धागा खोल देना चाहिए और मेरी आत्मा के आख़िरी अक्षर को अपनी झोली में ले लेना चाहिए। तभी एक नज़्म लिखी थी–ख़ुदा से मुखातिब हो कर।

लेकिन नहीं जानती थी कि अभी खुदा की मन्नत पूरी नहीं हुई। अभी तो एक नया सिलसिला शुरू होने को है, उन घटनाओं का जिनकी अग्नि–परीक्षा से गुज़रना है।

वही १९८४ का साल था, जो मेरे लिए कई बदनसीबियाँ ले कर आया। साहित्य की दुनिया में एक ही लड़की थी, सारा शगुफ़्ता, जिसने मुझे सचमुच प्यार किया था। मई का महीना आया, तो वह इस दुनिया से चली गई। सियासत की दुनिया में एक ही नाम था, जिसे मैंने प्यार किया था, अक्तूबर का महीना आया, तो वह इंदिरा जी नहीं रहीं और फिर अपने लोग ही अपने लोगों को जिस तरह काटने और जलाने लगे, यह सब देखना अभी बाकी था . . . वह नज़्म थी– ख़ुदाया।

खुदाया! तूने ही मेरे पेड़ पर आ कर
एक दिन एक मन्नत माँगी थी
और अपने चोग़े की एक कतरन
मेरे पेड़ की टहनी पर बाँधी थी . . .

मैं अपने ख़ून के एक–एक क़तरे से
एक–एक अक्षर गढ़ती रही
और वही मेरा एक–एक अक्षर
दुनिया की सूली पर चढ़ता रहा . . .

अब इस पेड़ पर आओ।
और वह चोग़े की कतरन खोल लो!
और मेरी आत्मा का आख़री अक्षर
अपनी झोली में डाल लो . . .

तुम्हारी मन्नत पूरी हुई
अब मन्नत का धागा खोल लो!
और आत्मा का अक्षर झोली में डाल लो!

जनवरी, १९८४

द्रौपदी

कौरव क्या थे? उनके हाथों क्या–क्या सितम हुए? उनके हवस[१] की और हसद[२] की आग क्या–क्या जलाती रही, लगा–वह दर्द मेरी रगों में बहता है . . .

और लगा–वह द्रौपदी मैं ही थी, जो दाव पर लगा दी गई थी . . .

इस जिंदगी में भी मैंने उन्हें चारों ओर देखा है, नई से नई बिसात बिछाते हुए, लेकिन मेरा दर्द एक इन्तहा को छू गया, जब देखा कि वह साहित्य के नाम पर भी एक नई चाल खेलने लगे हैं. . .

समाज और सियासत को मैं हारने के लिए तैयार थी, लेकिन लगा–इस जन्म में उस 'मैं' को बचाना है, जो पाँच तत्व से बना और अंतर के दीये की तरह जलता है . . .

तभी लगा–मैं वही द्रौपदी हूँ, पर इस जन्म में मेरी काया के पाँच तत्व ही मेरे पाँच पांडव हैं . . .

१. स्वार्थ २. जलन

मैं जन्म–जन्म की द्रौपदी–
मैं पांच तत्व की काया
पांच तत्व से ब्याही हूँ . . .

किसी जन्म में यही द्रौपदी
जूए की वस्तु–सी हुई
राज सभा में आई थी . . .
इस जन्म में वही कौरव
वही चेहरे–वही मोहरे
वही विसात बिछाई है . . .
मैं वही पांच तत्व की काया
मैं वही नारी द्रौपदी
अब जुआ खेलने आई हूँ . . .

पूरी सियासत दाव पर लगा दी
मैं एक हाथ से समाज हार गई
दूसरे हाथ से सियासत हार गई
पर कौरव दुहाई देते हैं
कि पांच तत्व मेरे पांच पाण्डव हैं
मैं भरी सभा से उठी हूँ
ओर पांचों जीत कर लाई हूँ . . .

मैं जन्म–जन्म की द्रौपदी . . .
मैं पाँच तत्व की काया
पांच तत्व से ब्याही हूँ . . .

जून, १९८४

सुंदरां

जानती थी कि जिस घड़ी मेरा जन्म हुआ मैं काल सर्प योग में लिपटी हुई थी! और यह तमाम जिंदगी उसी की परछाईयों में काटनी है, यह भी जान गई . . . यह काल सर्प योग मुझे क्या कहना चाहता है, क्या करना चाहता है, यह मैं नहीं जानती, पर एक बार इसी को सोचते हुए एक दीवानगी की हालत थी कि कितने ही काल मेरे गिर्द लिपटते गए–वह काल भी जब रानी सुंदरा ने पूरन योगी की मोहब्बत में होश खो दिए थे . . .

और वह काल भी, जब रांझे को योगी हुआ देख हीर ने घर–समाज छोड़ दिया, तो ज़हर का प्याला उसका नसीब हुआ।

और वह काल भी, जब बुखारे के सौदागर इज्ज़तबेग को मिलने के लिए पंजाब की सोहणी कुम्हारन को यह ज़मीन कोई राह न दे सकी, तो चनाब दरिया ने उसे अपने में ले लिया . . .

और वह काल भी, जब पंजाब की सस्सी ने कीचम देश के पुत्रू से मोहब्बत की, तो मरुस्थल के बिना कोई देश उसका नसीब न हुआ . . .

लगा–यही काल सर्प योग है कि मैं हर जनम में तड़प कर मरती रही और अब इस जनम में अक्षर–अक्षर हो रही हूँ . . .

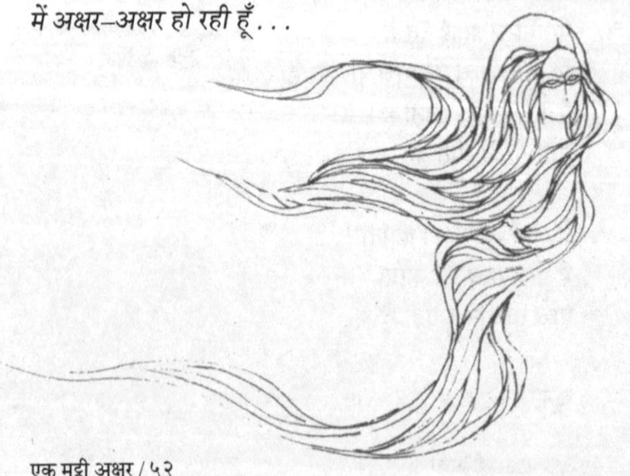

तू जनम–जनम का पूरन योगी है
मैं जनम–जनम की सुंदरां हूँ . . .

एक जनम में मैं यही सुन्दरां
तेरा जोगिया पेरहन देखती रही
और जैसे ही मोतियों का थाल लाई
तेरा जोगिया वस्त्र आस्मान हुआ
मैं एक मरुस्थल बनती गई . . .

एक जनम में मैं यही सुंदरां
तब मेरा नाम एक हीर हुआ
जब रांझे का दामन थाम लिया
मेरा पैरहन कब्र की मिट्टी बना
और मेरी चुनरी मेरा कफ़न हुई . . .

एक जनम में मैं यही सुंदरां
तू इज़्ज़तबेग एक परदेसी
जो पैरहन आस्मान बना था
वही पैरहन एक नदी हुआ
और मैं भरी चनाब में डूब गई . . .

एक जनम में मैं यही सुंदरां
तब मेरा नाम एक सस्सी हुआ
और जो पैरहन एक नदी हुआ था
वही रेत का कण–कण हुआ
मैं मरुस्थल में तड़पती रही . . .

और इस जनम में मैं वही सुंदरां
वही इश्क मेरी ज़िंदगी हुआ
और वही पैरहन एक काग़ज़ बना
और वही काग़ज मेरा वस्ल[१] हुआ
तो मैं अक्षर–अक्षर होती गई . . .
तू जनम–जनम का पूरन योगी है . . .

अक्तूबर, १९८४

१. मिलन

दर्शक

एक शक्ति का दर्शन तो बहुत बाद में पाया, लेकिन उसके कितने ही संकेत थे, जो बरसों से मिल रहे थे . . .

६ नवम्बर, १९८४ की रात थी, जब मैंने इंदिरा जी का प्राचीन जन्म देखा था और अपना भी कुछ अता–पता पाया था कि मैं उसी जंगल में रहती उस की कोख से पैदा हुई थी, जो एक ऋषि की सेवा में थी; और फिर जाना कि उस काल में जो एक जवान ऋषि मेरी माँ को प्यार करने लगा, वह उसकी गुरु पत्नी थी। इसी से उस जवान ऋषि की साधना भंग हुई; और फिर जाने कितनी सदियों के बाद मेरे इस जन्म में, वह मेरे पिता हुए . . .

नहीं जानती कि बीच के कितने ही धागे मेरी पकड़ से छूट गए हैं, पर इस तरह के कई तार थे जो मेरे अंतर में टूटते जुड़ते रहे . . .

इसी बादलों की तरह घिरती अवस्था में, एक नज़्म लिखी थी–दर्शक।

मैं उस क्षण की दर्शक हूँ . . .
जब सूरज की एक किरण को
अचानक एक ख़्याल आया
और मैंने–
कास्मिक धूल को छिटक दिया
कर्म धूल को माथे से लगाया
मैं उस क्षण की दर्शक हूँ. . .

वो कर्म–धूल का एक कण था
जो कण का रिश्ता खोजने निकला
तो एक गहरा संकल्प बनकर
वो मांस की एक कोख में आया
मैं उस क्षण की दर्शक हूँ . . .

एक किरण से टूटा किरण का टुकड़ा
उस कोख के अंधेरे में बो दिया

और तभी बीज गाथा कहने के लिए,
एक नक्षत्र आकाश पर आया
मैं उस क्षण की दर्शक हूं . . .

यह तारा–अपहरण की गाथा
न चांद जाने न बृहस्पति जाने
काया को मैंने दर्द का तिलक किया
दर्द, जो छाती से उठा और होठों पे आया
मैं उस क्षण की दर्शक हूँ . . .

अप्रैल, १९८५

. . .[१]

देखा, सामने एक किताब थी, जो बीच में से खुली थी। जो सामने था, उसे पढ़ने लगी और एक कंपन में इस तरह भीग गई कि सपने में ही 'इमरोज़' को आवाज़ दी, वह आए, तो मैंने कहा–देखो, यह किताब मैंने पूर्व जन्म में लिखी थी . . .

अभी–अभी जो पंक्तियाँ पढ़ी थीं, वे इमरोज़ को सुना रही थी कि नींद टूट गई . . .

पंक्तियाँ तो याद रहीं, लेकिन साथ ही एक हसरत हुई कि मैं अपनी किताब का नाम नहीं देख पाई . . .

१. पूर्व जन्म में लिखी एक पुस्तक में से, जिसे ११ दिसम्बर, १९८५ की रात देखा

उसे महसूस हुआ
उसके दिल के गोशे में
एक पत्थर की दीवार है
जहाँ से–
कुरान की आयतें निकलतीं हैं . . .

मर्सिया[१]

देखा, थोड़ा–सा सामान मेरे पास है और मैं कहीं जा रही हूँ। कहाँ से आई हूँ, कहाँ जाना है, कुछ पता नहीं। वहाँ वीराने में एक घर–सा दिखाई देता है, मैं भीतर जाती हूँ, लेकिन अहसास होता है, घर के लोग अच्छे नहीं हैं, इसलिए हाथ का सामान जो जहाँ रखा था, वहीं छोड़ कर बाहर खुले में आ जाती हूँ . . . रास्ता अकेला है, फिर भी खुले में हिफ़ाज़त–सी लगती है और वहाँ मैं पत्थर की एक दीवार के पास बैठ जाती हूँ . . .

सोचने लगती हूँ–यह सब क्या है, तो अहसास होता है कि इस रास्ते का तार कहीं मेरे पूर्व जन्म से जुड़ा हुआ है . . . यह जो अजनबी–सा घर था; और देखा कि घर के लोग अच्छे नहीं थे, यह सब पूर्व जन्म में हुआ था . . .

इतने में अब के जन्म का सुनहरी रंग का कुत्ता कहीं से आ जाता है और उस मकान में जाकर, जो सामान वहाँ रह गया था, वह दाँतों में पकड़ कर ले आता है। गिन कर देखती हूँ, नक़दी भी पूरी है . . .

इतने में हवा में से रूलाई जैसी आवाज़ आती है, कोई धीरे से गा रहा है, सुनती हूँ, तो आवाज़ आती है "यह मर्सिया तुम्हारी पूर्व–जन्म की मौत का है।"

जागी तो पूरा मर्सिया याद में था . . .

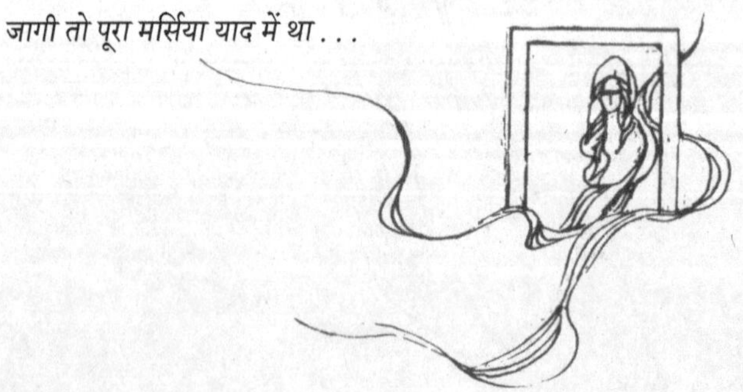

१. मेरी पूर्व जन्म की मौत पर लिखा मर्सिया, जो ३ मई, १९८६ को हवाओं से सुना

वह कुएं की रस्सी जैसी नज़्म थी
वह कुएं में डूबती रही
कुएं में तैरती रही
और जो भी गगरी भरती रही
वह सूखी हुई आत्माओं पर पानी–सी बरसती रही . . .

और इस तरह
उस सूखे हुए जंगल में
आत्माओं के जो हरे पत्ते थे
उनका वंश चलता रहा . . .

बहती हुई पवन के कान में
वह कुछ बात–सी करती रही . . .
वह कुए की रस्सी जैसी नज़्म थी . . .

मर्सिया

कहाँ के तार जाने कहाँ जुड़ते हैं, कभी हाथ में आते से लगते हैं और फिर जाने कहां खो जाते हैं। आज एक तार, जो पहली बार १९८६ में हाथ आया था देख रही हूं कि बहुत वर्ष पहले की मनःस्थिति से जुड़ा हुआ है. . .

हवाओं में गाया जा रहा एक मर्सिया मैंने सुना था, ३ मई, १९८६ की रात और एक दैवी आवाज़ ने बताया था कि जब पूर्व जन्म में तेरी मौत हुई तब यह मर्सिया लिखा गया था और साथ ही देख रही हूँ कि १९५९ में मैंने खुद एक मर्सिया लिखा था, अपनी मौत का। लेकिन यह नहीं समझ पाई थी कि मेरी मौत कैसे हुई थी, कब हुई थी। यह तो बाद में जाना कि मेरी मौत २९ दिसम्बर, १८६८ को हुई थी; और ज़हर का जो प्याला पीने से हुई उस का दर्द मेरी रगों में बसा हुआ है; और मैं ना जानते हुए भी, उसी की बात कर रही हूँ–'यह फूलों की लाश है कंधे पर उठा लो!'

तब शायद मैं कुछ नहीं कह पाई थी, कहने का वक़्त ही नहीं रहा होगा कि अब इस जन्म में कहा, 'ये जीसस के वही अल्फ़ाज हैं, जो उसने कभी सूली से कहे थे . . . '

आसमान के होंठ
कुछ हिलते से लगते हैं
अरी धरती!
ज़रा पास हो कर सुन ले!

ये जीसस के वही अल्फ़ाज हैं,
जो उस ने कभी
सूली से कहे थे . . .

देखो: हाथ की मेंहदी
किसी ने पोंछ दी
कलाइयों से कलीरा खोल दिया
यह किसी मिर्ज़ो की
वही गाथा है जो उसके होंठ
तीरों से कहते रहे . . .

एक ज़िक्र था
मरुस्थल के दर्द का
कि रुक गया
सांसों का चलता क़ाफ़ला
देखो! एक तारा
टूटता–सा दिखता है
शायद कोई मेरा ही
मर्सिया लिखता है . . .

सामने देखो!
कितने ही पेड़ों की क़ब्रें हैं
यह, फूलों की लाश है
कंधे पर उठा लो!
जिस तरह इस क़लम ने इश्क़ को पैरहन दिया
ज़िक्र होते रहेंगें इस क़फ़न के . . .

ख़ुदा से मुखातिब

किसी अपार शक्ति को देखना एक ऐसा अनुभव है, जो लफ़्ज़ों की पकड़ में नहीं आ सकता और शक्ति कणों के ब्रह्माण्ड का दर्शन, एक ऐसा क्षण है, जो बरसों की छाती में टिमटिमाता रहता है . . . १९८६ में तेइस–चौबीस मई की रात, एक ऐसी रात थी, लगा, जितने भी जन्म लेने पड़े, वे इन कुछ क्षणों के लिए थे . . .

अपार शक्ति से मुख़ातिब हुई, तो लगा, मेरा वुजूद[१] जो अलग से भी दिख रहा था, एक बहुत तीखे अहसास में ढल गया है; और जो लफ़्ज होठों पर आए, दो–तीन पंक्तियों की नज़्म में, ग़नीमत मानती हूँ कि वे होश में आने के बाद भी, याद में रहे . . .

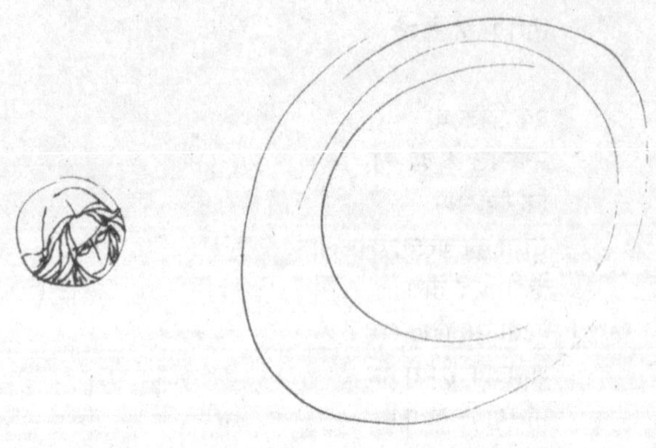

१. अस्तित्व

जब हर सितारा
हर गर्दिश से गुज़र कर
तेरे सूरज के पास आने लगे
तो समझना
यह तेरी जुस्तजू[1] है,
जो हर सितारे में नुमाया[2] हो रही . . .

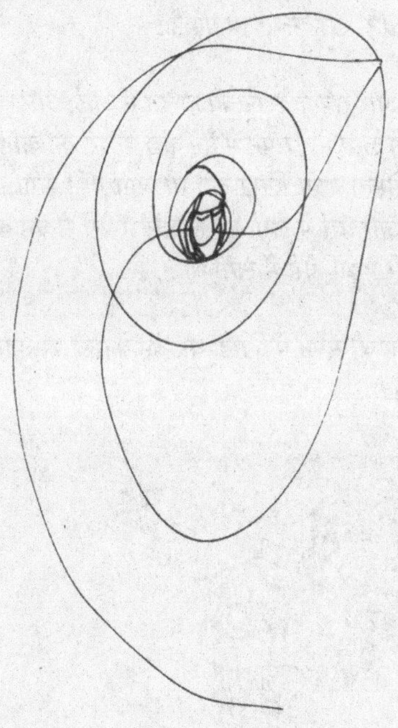

१. तलाश २. प्रकट

यात्रा

जो देखा, वह आज तक मेरी आँखों के सामने बिछा हुआ है। देखा, एक वीराने में कुछ खंडहरात हैं, जिनमें चलती हुई मैं बड़े गौर से एक–एक पत्थर को देखती हूँ . . .

कहीं ऐसा लगता है कि यह किसी महल के खंडहर हैं और कहीं ऐसा लगता है कि किसी काल में यहाँ एक मठ भी था, जिस की टूटी हुई दीवार पहचान रही हूँ. . .

लगता है, यहाँ कभी ज़िंदगी धड़कती होगी और पहचान में आता है कि कुछ धड़कते हुए पल थे, जो यहाँ खड़े–खड़े पत्थर हो गए है . . .

फिर सपने में ही एक और सपना देखने की हालत में आई; और जो अभी–अभी देखा था, वह नज़्म में उतरने लगा . . . सपने में मैंने कुछ पत्थरों की कार्ड को भी छू कर देखा था; और जब एक हिस्सा नज़्म लिख ली, तो जाग गई। लगा, वह गीली–सी काई अभी तक मेरे हाथों और पैरों में लगी हुई है और मैं पैरों से वह कार्ड इस तरह पोंछने लगी, जैसे सचमुच मेरे हाथों–पैरों में लगी थी . . .

नज़्म का आधा हिस्सा जो सपने में लिखा था, वह काग़ज़ पर उतार लिया और आधा हिस्सा जागने पर लिखा . . .

कल रात –
मैं अचेतन मन के खंडहरात में गई थी. . .
देखा, कुछ पल थे, कुछ क्षण
जो शायद कभी हवा में सिसकते से रह गए
और उनके पैर फिर वहीं पत्थर के हो गए . . .
और उनके साये जाने कब तक कांपते रहे
फिर पत्थरों की पीठ पर काई से जमते रहे. . .

देखा कि एक ओर महल की टूटी मीनार थी
और एक ओर एक मठ की टूटी दीवार थी . . .
मैंने –
जिस पत्थर की काई को पोरों से छू लिया
वह पहले तो हंस दिया और फिर वह रो दिया. . .

खुदाया! यह कैसी क़यामत है!
और मेरी चेतना जो अभी खंडहरात से लौटी है
वह थकी सी कहती है
कि रात, कई जन्मों का रास्ता मैं तय करती रही
और एक ही सांस में मैं कई काल चलती रही
मैं खुली आंखों से देखती रही कि कितनी ही देर
उन पत्थरों की काई, मेरे पोरों से झड़ती रही।

अगस्त, १९८७

सितारों के अक्षर

१३–१४ दिसम्बर, की रात थी, जब देखा घने जंगल में एक ऊँचे से स्थान पर एक बड़ी–सी शिला है, जिस पर एक ऋषि बैठे हैं; और वहीं उन्होंने मुझे दीक्षा दी . . . यह लौकिक और अलौकिक सी अवस्था थी, जिसमें मैं इतना भीग गई कि एक हर्फ़[1] भी ज़ुबान पर आना एक ख़लल[2] लगता था। वह ख़ामोशी सिर्फ जीने के लिए थी।

फिर १९८८ में ५–६ फरवरी की रात थी, जब देखा सामने एक मूर्ति है, जो मेरी पहचान में नहीं आती। देखे जाती हूँ, और फिर मेरी आँखें उस मूर्ति के हाथों की ओर देखती हैं, जिनमें कुछ कण चमकते हुए दिखाई देते हैं . . .

यह एक तीखी चमक नहीं थी, कुछ ऐसे, जैसे वे कण वाईब्रेट करते हों . . .

और फिर देखा कि अपना हाथ आगे बढ़ा कर मैं उस मूर्ति के एक हाथ से एक कण लेकर अपने मुँह में डाल लेती हूँ, अहसास होता है कि मैंने एक शक्ति कण का प्रसाद लिया है . . .

इस सपने में मैं कई दिन लिपटी रही और फिर ठीक तारीख़ याद नहीं है, जब कुछ हर्फ़ कागज़ पर उतरे . . .

१.अक्षर २.बाधा

यह तेरे और मेरे अंधेरे बदन में
जो दीये की लौ–सी महाचेतना है
वही तो ख़ुदा है . . . वही तो ख़ुदा है . . .

सितारों के अक्षर और किरणों की भाषा
यह बिन्दु के कम्पन की जो इब्तदा[१] है
वही तो ख़ुदा है . . . वही तो ख़ुदा है . . .

यह मिट्टी की छाती में अंबर का नेहा
उसी का इशारा, उसी की अदा है
वही तो ख़ुदा है . . . वही तो ख़ुदा है . . .

यह तेरे और मेरे अंधेरे बदन में
जो दीये की लौ–सी महा चेतना है
वही तो ख़ुदा है. . . वही तो खुदा है . . .

१. आरम्भ, शुरुआत

प्रजा

१९८४ में मैंने पहली बार अपने किसी पूर्व जन्म के ऋषि पिता को देखा था, फिर बाद में किसी काल के उस आश्रम को भी देखा, जहाँ कभी मैं रही थी . . .

'भृगु संहिता' में भी यह लिखा हुआ पाया कि प्राचीन काल में मैं भृगु आश्रम में थी . . . और एक जगह यह भी लिखा हुआ पाया कि किसी काल में मैं जाबालि ऋषि की ग्रह कन्या थी . . .

फिर १९८८ में ११ जून के दिन श्री राम भद्रदास मिले, जिनके पास आँखों की दृष्टि नहीं है। वह मेरे सिर पर हाथ रख कर कहने लगे, "बहुत दिनों के बाद मिली हो . . . पाँच सौ दस साल के बाद . . . रसावली के ऋषि आश्रम में तुम थी, तुम्हारा नाम तब अमीत्या था . . . याद करो !"

पूछा था, तब इमरोज़ क्या करते थे?" वे कहने लगे "शिलाओं पर चित्र बनाते थे।" किसी पूर्व जन्म का, इमरोज़ के हाथों से बना हुआ एक शिला–चित्र मैं देख चुकी थी, इसलिए विश्वास की आधार शिला मेरे पास थी . . .

और यही सब अगस्त के महीनें में एक नज़्म के अक्षर बनता चला गया 'मैं द्रविड़ देश से आई हूँ . . .'

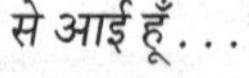

मैं द्रविड़ देश की बेटी
द्रविड़ देश से आई हूँ . . .

मैं एक काम–कन्या हूँ
मैं एक काल–कन्या हूँ
युगों की प्रदक्षिणा करती
अब प्रजा कहलाई हूँ
मैं द्रविड़ देश से आई हूँ . . .

मैं महल की सुगंध हूँ
मन्दिर के हवन का धुआं
और झोपड़ी की भूख हूँ
जो दामन में लाई हूँ
मैं द्रविड़ देश से आई हूँ . . .

इज्ज़त की लाल चुनरी थी
हत्तक[१] का स्याह ओढ़न था
यह पैरहन[२] बने, उतरन बने .
अब अपने में समाई हूँ
मैं द्रविड़ देश से आई हूँ . . .

पूर्व जन्म की कुछ
घटनाएँ देखने के बाद,
अगस्त, १९८८

१. अपमान २. वस्त्र

ख़ामोशी का पेड़

१९८८ की बात है, जब १८ अप्रैल की प्रभात होने को थी, तो सामने एक ऋषि दिखाई दिए। मैंने हाथ में पकड़ा हुआ एक काग़ज़ उनके सामने किया, कहा, देखिए, यह शनि और शुक्र मिल कर सूर्य की पनाह में बैठे हुए हैं, यह मेरे साथ क्या करेंगे?

साथ ही देखा, मेरे एक ओर दो चारपाइयाँ पड़ी हैं, जिन पर शनि और शुक्र बैठे हुए हैं सफ़ेद चादरें ओढ़ कर। ऋषि ने एक सरसरी नज़र काग़ज़ को देखा और कहा, "हाँ ज़िन्दगी इन्हीं के प्रभाव में गुज़रेगी, पर देखना यह है कि तुम मन को कितना गहरा कर जीती हो, या कितना घबरा कर . . ."

उस वक़्त मैंने ऋषि को वह एक नज़्म सुनाई, जो कभी १९८४ में लिखी थी, जिसमें ख़ुदा से कहा था कि तूने ही मेरे पेड़ पर आकर एक मन्नत माँगी थी। मैं अपने ख़ून के हर क़तरे से हर अक्षर गढ़ती रही, और मेरा हर अक्षर दुनिया की सूली पर चढ़ता रहा . . . तुम्हारी मुराद पूरी हुई, अब आओ और मन्नत का धागा खोल लो और मेरी आत्मा का आख़िरी अक्षर अपनी झोली में डाल लो . . .

यही कह रही थी, जब सब कुछ आँखें से लुप्त हो गया, लेकिन यह सपना एक साये की तरह मेरे साथ चलता रहा और फिर उसी साये में लिपटी हुई एक नज़्म काग़ज़ पर उतरी–ख़ामोशी का पेड़ . . .

ख़मोशी के पेड़ से मैंने–
यह अक्षर नहीं तोड़े
यह तो जो पेड़ पर से झड़े थे
मैं वही अक्षर चुनती रही . . .

नहीं, आपसे या किसी से
मैं कुछ नहीं कहती
यह तो जो खून में से बोले हैं
में वही हर्फ़ सुनती रही . . .

एक बिजली की लंबी लकीर थी
छाती से गुज़री थी
यह तो कुछ उसी के टुकड़े
मैं अंगुलियों पर गिनती रही . . .

और चाँद ने चर्खे पर बैठकर
बादल की रुई काती
यह तो कुछ वही धागे हैं
मैं खड्डी पर बुनती रही . . .

खामोशी के पेड़ से मैंने
यह अक्षर नहीं तोड़े
यह तो जो पेड़ पर से झड़े थे
मैं वही अक्षर चुनती रही . . .

मई, १९९०

ख़िज़र

१९९१ की बात है। तेईस मार्च की रात उतर आई थी। मैं सो नहीं पा रही थी। बेकसी की हालत में सोचे जा रही थी कि हर मज़हब के नाम पर मेरे देश में क्या हो रहा है? और हर मज़हब की आत्मा कैसे खो गई? कहाँ खो गई? और देखा कि एक स्याह और सघन बादल में मैं लिपटती जा रही हूँ . . . फिर लगा कि वह बादल पिघलने लगा है और कुछ अक्षर बूंद–बूंद मुझ पर बरसने लगे हैं . . .

मैं उन्हीं अक्षरों में भीगती रही और फिर एक पंक्ति मेरे होठों पर ठहर गई–माँ री! मेरा ख़िज़र[१] खो गया . . .

उन मांझियों के लिए मैं उलाहने से भर गई, जो अपने को अपने–अपने मज़हब का रहनुमा समझते हैं . . . लेकिन कुछ कह पाने के लिए मेरे पास खामोशी के अलावा कुछ नहीं था।

इतने में मैं सो गई, तो देखा कि मैंने हाथो में बहुत से फूल पकड़े हुए हैं, और इतने में किसी ने सुर्ख़ फूलों का गुच्छा और दे दिया है . . . किसने? मैं नहीं जानती। जाग गई तो देखा सुबह के चार बजे थे . . . उठी, लाइब्रेरी में गई, काग़ज़ लिया और पूरी नज़्म काग़ज़ पर उतरने लगी . . .

१. पैग़म्बर (रास्ता दिखाने बाला)

माँ री! मेरा ख़िज़र खो गया . . .
जिन नदियों में कभी वह बसता था
उन नदियों को मैंने स्वयं देखा था
माँ री ! वे सब किनारे कहाँ गए?
और जाने उन किनारों का क्या हुआ?
माँ री ! मेरा ख़िज़र खो गया . . .

माँ री! यह नदियों की कैसी यात्रा
कि आस्मान के एक सपने की तरह
वे पर्वतों की छाती से चली थीं,
पर सागर तक उनका जाना नहीं हुआ
माँ री! मेरा ख़िज़र खो गया . . .

माँ री ! यहं किस तरह के मांझी हैं
कि नदियों को मरुस्थल में भेज दिया
वे कैसे सिसकती रहीं सूखती रहीं
किसी ने ख़बर न ली, किसी ने पता न दिय
माँ री ! मेरा ख़िज़र खो गया . . .

२४ मार्च, १९९१

प्रश्न

देव आनंदा वह ब्राह्मण स्त्री थी, जिसके लिए हमारा इतिहास कहता है कि श्री महावीर को उस देव आनंदा ने अपने गर्भ में धारण किया था . . .

वह गर्भ बयासी दिन का था, जब 'देवताओं में एक खलबली उठी कि किसी तीर्थंकर का जन्म किसी ब्राह्मण घर में नहीं हो सकता। आज तक नहीं हुआ। इससे पहले तेईस तीर्थंकर हो चुके। सब क्षत्रिय राजाओं के घर जनमते रहे और अब चौबीसवां तीर्थंकर किसी ब्राह्मण के यहाँ नहीं जन्म ले सकता और देवताओं ने घबरा कर देव आनंदा की कोख से उसका गर्भ उठा लिया और उसे कुण्डग्राम की रानी त्रिशला की कोख में रख दिया . . .

वह देव आनंदा जो इतिहास की दो पंक्तियों में सिमट गई, मेरे अंतर में बसने लगी . . . और वह प्रश्न बन कर काग़ज़ों पर उतरी है . . .

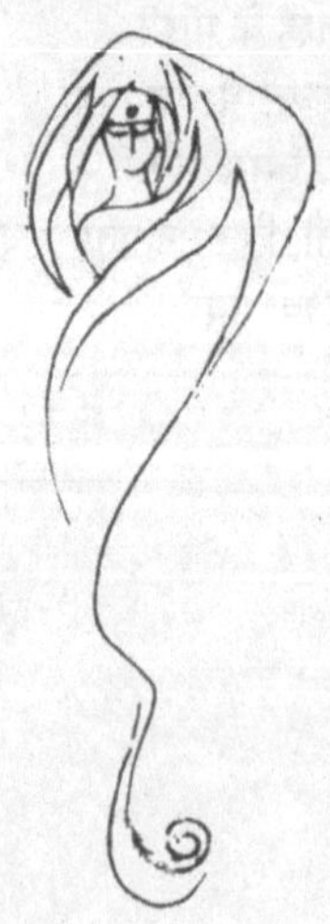

मैं नहीं जानती
कि पहले प्रश्न का जो बीज था
किसी काया की ज़मीन में
वह किस ने बो दिया
वह बीज पनप गया
तो प्रश्न में से प्रश्न उगते रहे . . .

हमारा मिथक कहता है
कि सबसे पहले पेड़ पर
जो प्रश्न उगे थे,
वे एक सौ बारह थे,
जो देवी ने तोड़े थे
और आँचल में प्रश्न लिए
वह शिबा के रू–ब–रू बैठी
देवी समर्थ थी . . .
उसने प्रश्न भी पाए
उत्तर भी पाए . . .

लेकिन मैं देव आनन्दा
एक निमाणी ब्राह्मणी
किसी प्रश्न के लिए समर्थ नहीं थी,
फिर एक जादू–सा कैसे हुआ
कि आस्मान का सपना
मेरी कोख में आया
और बयासी दिनों तक
मेरी कोख में बैठा रहा . . .
मैंने भी चौदह स्वप्न देखे थे

चाँद, सूरज और ऐरावत देखे
एक लहराती ध्वजा देखी
क्षीर–सागर का दीदार किया
हज़ारों रत्न देखे . . .
और जब में
एक गर्भवती
मन की ओसे में भीगती रही,
तो कहते हैं
कि पूरे आस्मान में
एक खलबली उठती रही . . .

अंत में कुछ देवता आए
बहुत घबराए
और हरिनेगमेषी नाम के
एक देवता ने आ कर
मेरे गर्भ को
मेरी कोख़ से उठा कर
कुण्डग्राम की रानी
त्रिशला की काया में रख दिया . . .
यह कैसे हुआ? क्यों हुआ?
मैं कुछ नहीं जानती
सिर्फ इनता भर देखा–
कि मैं एक गर्भवती
प्रश्नवती हुई . . .

फिर चैत के महीने
जब शुक्ल पक्ष था
उतरा फाल्गुनी नक्षत्र,
तो जिसे
मेरी कोख ने धारण किया,

उसी ने
रानी की कोख से जनम लिया . . .

हमारा इतिहास कहता है
कि इन्द्र देवता ने आकर
रानी को नमस्कार किया
कहा,
हे, रत्न कोख वाली!
मैं तेरे महावीर के सिर पर
आज चँवर करता हूँ
बालक को गोद में लेता हूँ
और मेरू पहाड़ पर जा कर
इसे नहलाता हूँ . . .
इन्द्र देवता ने मर्म पाया
और पांडू शिला पर जाकर
अंबर से कलश लेकर
बच्चे को नहलाया . . .

मैं एक देव आनन्दा
माँ होने की हस्ती लुटा कर
सिर्फ प्रश्नकर्ता–सी हो कर
यह सब सुनती रही
और एक दर्शक की तरह
अजनबी पुत्र को तकती रही . . .

कहते हैं कि बुद्ध ने कहा था,
मैं एक बार फिर से आऊंगा
तब मेरा नाम मैंत्रेय होगा
और हमारा इतिहास कहता है
कि मैंत्रेय को वह कोख नही मिलती,
जिसे वह धारण करे

और बुद्ध का वचन पूरा करे . . .
और हमारा इतिहास कहता है
कि ऊँची आत्माएँ
आस्मान के वर्ष गिनती हैं
और माँ की कोख चुनती हैं . . .
मैं इसी लिए पूछती
कि एक तीरर्थंकर ने
देव लोक में बैठ कर
जब मेरी कोख चुनी थी,
तो मेरा गर्भ
क्यों चुराया गया?
और मुझसे–
माँ होने का हक लौटा लिया
बयासी दिनों की एक गर्भवती को
प्रश्न योनि में डाल दिया

मैं एक देव आनन्दा,
जिसे उत्तरवती होना था,
जिसे पुत्रवती होना था
अब जब भी जन्म लेती हूँ
प्रश्न–पीड़ा को सहती हूँ
और अपनी कोख में से
प्रश्न जनती हूँ . . .

अगस्त, १९९२

छाया

देखा था कि मेरे सामने एक आग जल रही है, पास बहुत से कागज़ पड़े हैं। जो उठा–उठा कर मैं आग में डाल रही हूँ . . .

एक बड़ी उम्र की औरत एक लाठी लिये पास से गुज़रती है, पूछती है, "यह क्या कर रही हो बेटी?" जवाब देती हूँ "देखो अम्मा! बहुत से अखबार हैं, जो लोगों में नफ़रत फैलाते हैं वही जला रही हूँ . . . अक्षर ज़हरीले हैं . . .।"

वह हंस देती है, कुछ नहीं कहती और लाठी के सहारे चलती हुई मेरे पास से गुज़र जाती है . . .

बही लाठी की आवाज़ थी, जिस से मैं जाग गई थी। यह सपना २७ अप्रैल, १९८५ का था। बरसों–बरसों इसे सत्य होता देख रही थी और अब ठीक साढ़े सात बरस के बाद उसका साया एक नज़्म में उतरते हुए भी देखा है . . .

यह नज़्म है–बात काया की नहीं . . .

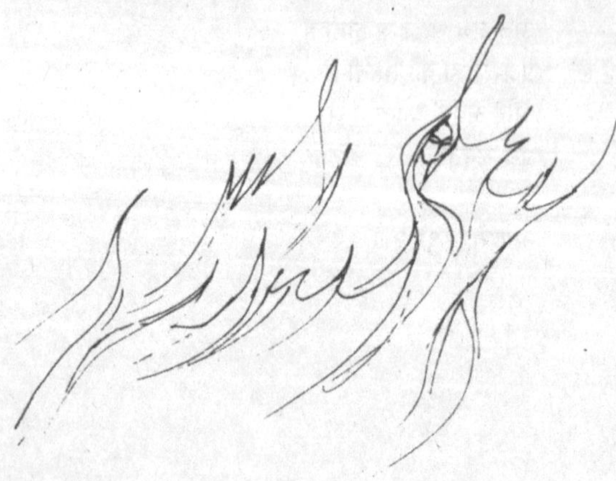

बात काया की नहीं
उस छाया की है,
जो अन्तर का दीया जलाती
अक्षरों की खोज में जाती
अक्षरों को देखती, प्रणाम करती
उनकी लकीरों में उतरती
और उनकी
छाती में धड़कती . . .
अक्षर काया–मुक्त होते
सदियों की यात्रा करते . . .

बात काया की नहीं
उस छाया की है,
जो अंधेरे से उठती
एक हवस के अंधेरे से
एक हसद के अंधेरे से
सत्ता की प्यास बिलखती
वह धूंट–धूट अंहकार पीती
पैरों से लड़खड़ाती
अक्षरों को देखती
तो अक्षर मौत–मय होते
काग़ज़ों पर तड़पते

बात काया की नहीं
छाया और छाया की है . . .

२७ अक्टूबर, १९९२

वर्ष कुण्ड

कोई अनुभव सिर्फ़ उतना नहीं होता, जितना पकड़ में आता है, उसके तार समय पाकर कब कहाँ जुड़ जाते हैं, देखती रह जाती हूँ . . .

१४ मार्च १९९२ की रात थी, जब किसी अजनबी ने पास आकर कह, 'तुम्हें साईं बाबा बुला रहे हैं. . .।' मैं हैरान–सी उसकी ओर देखती हूँ, पूछती हूँ, 'कौन? शिरड़ी वाले साईं बाबा? उन्होंने स्वयं याद किया?'

वह अजनबी 'हां,' में जवाब देता है, तो एक दीवानगी–सी मेरे बदन में उतर जाती है . . . मैं उस तरफ़ जाती हूँ, जिस तरफ़ उसने संकेत किया था और देखती हूँ, एक अंधेरी–सी जगह है, जहाँ साईं बाबा ज़मीन पर बैठे हैं। सामने खड़ी हो जाती हूँ, तो सिर उठाकर देखते हैं, पूछते हैं, 'तू इतनी उदास क्यों है?'

ज़वाब दिया, 'क्या करूँ बाबा, मेरे चारों तरफ़ झूठ फैला हुआ है . . .।'

साईं बाबा ख़ामोश हो जाते हैं और उनकी सूरत अंधेरे में विलीन हो जाती है . . .

बस इतना सपना था, जो कई महीने मेरी सांसों में सुलगता रहा . . .

और अब १९९३ का वर्ष आने को था। कुछ ही घंटे बाकी थे, जब अपने को इस तरह देखा, जैसे काल–दर्शन किया हो–एक बहुत उदास अनुभव, लेकिन सूरज के सात रंगों में भीगा हुआ . . .

वही अनुभव कैसे एक नज़्म बनता गया, मैं नहीं जानती सिर्फ़ इतना अहसास होता है कि साईं बाबा ने जो सवाल पूछा था, और जिसका छोटा–सा जवाब मैंने दिया था, यह नज़्म उसी का कुछ ब्यौरा है . . .

वह एक शाह–सवार था
सात घोड़ों का रथ तैयार हुआ
तो अज़ल ने कहा–देखो, बेटा,
एक बात याद रखना
वादी में क़दम रखने से पहले
वर्ष कुण्ड पर जाना!
बदन से बादल झाड़कर
सूरज की धूप मलना,
कुण्ड के पानी में नहाना,
पेड़ों के पैर छूना!
और जब रात उतरेगी
चाँद का दिया जलाना
और वर्ष कुण्ड की दरगाह पर
सितारों की चादर चढ़ाना !
और वर्ष कुण्ड से मुराद माँगना
कि एक वर्ष के बाद
तुम सुनहरा काल होकर लौटोगे . . .

शाह–सवार चलने को हुआ,
तो घोड़े हिनहिनाने लगे
एक ओर उल्का ने बदन छिटका
कुछ संकेत–सा दिया,
पर अज़ल ने हिम्मत बढ़ाई
और सात घोड़ों के रथ ने पवन की चाल पकड़ ली . . .
रथ चलता रहा
और नीली–सी राहों में सुनहरी धूल उड़ती रही
और आसमान की बाहें धरती की ओर बढ़ती रहीं . . .

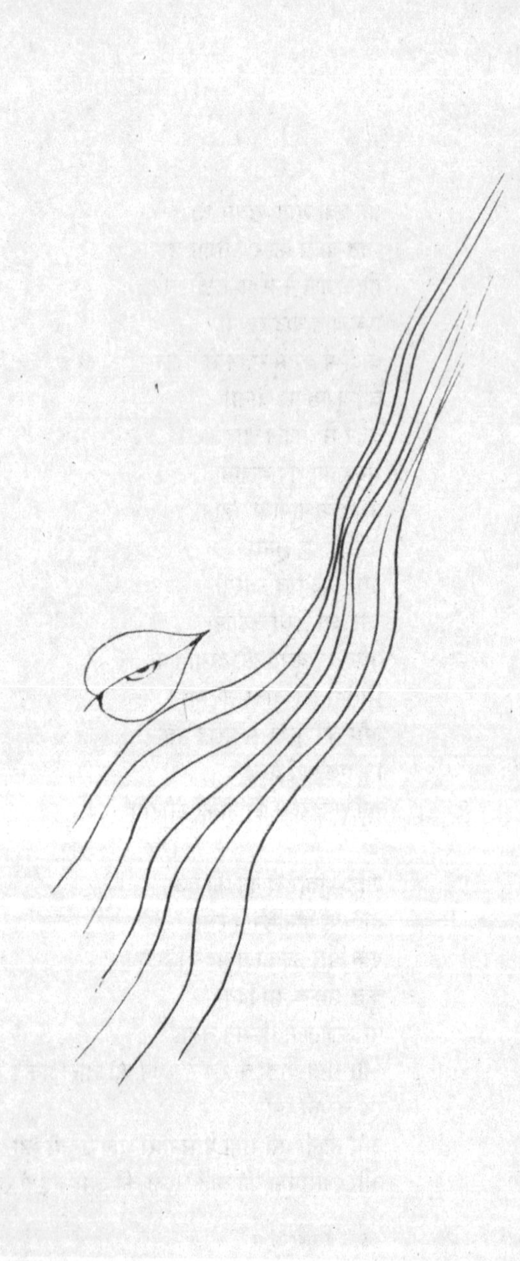

हवाएँ कुछ थकी–थकी होने लगीं
घोड़ों के बदन पर पसीना–सा आ गया
रथवाही की अंगुलियाँ अकड़ने लगी,
तो उसने जान लिया
कि वादी कहीं करीब ही होगी . . .

वह वर्ष कुण्ड कहाँ है? उसने हवाओं से पूछा,
तो उन्होंने कहा–यहीं कहीं होता था
एक टीला–सा दिखता था
कोई जीव–जन्तु भी वीरान राहों पर नहीं आते
और एक वर्ष के बाद
मिट्टी के टीले पहचाने नहीं जाते . . .

कुछ पेड़ों की हरी छाया में
वो रथ से उतर आया
पेड़ों के पैर छूने लगा,
तो पेड़ों ने गहरा साँस लिया,
जो जड़ों तक उतर गया
कहने लगे–आओ बेटा !
बस, तुम्हें देखना भर बाकी था,
इसीलिए राहों पर खड़े हैं
नहीं तो जाने क्या होता
कुल्हाड़ियों के मौसम में
साँसों का भरोसा नहीं होता . . .

और पेड़ों ने कुछ पत्ते झाड़कर
पैरों में बिछाए, कहने लगे–
अभी तो थोड़ा वक़्त बाक़ी है
बैठो ! घड़ी–भर साँस ले लो,
फिर जाने कब मिलन होगा . . .

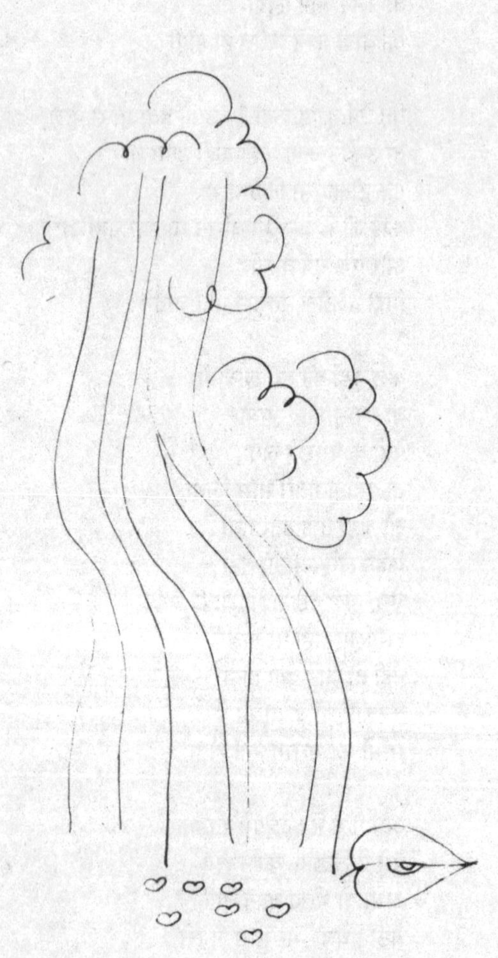

शाह सवार ने पेड़ों से पूछा–
बताइए, वर्ष कुण्ड कहाँ है?
कोई पता ठिकाना तो होगा?
वादी में जाने से पहले मुझे वहाँ जाना ही होगा . . .

पेड़ों ने और पत्ते झाड़ कर
पैरों में बिछाए, कहा–बेटा, यही सुस्ता लो !
कोई वर्ष कुण्ड होता था
हमने भी पहले पेड़ों से सुना था
और उन्होंने भी जाने
अपने से पहले पेड़ों से सुना था
अब तो मिट्टी का ढेर सा पड़ा है सामने दिखता है . . .
वो भी जो गए वर्ष आया था
तुमसे पहले, यही पूछता था
देखो! जो भी वर्ष आता है
वर्ष कुण्ड को खोजता है कोई मुराद लेना चाहता है,
लेकिन वर्ष कुण्ड तो श्रापित हो चुका है
अब किसी से कुछ नहीं कहता . . .

यह वादी किस तरह बसती है?
उसने पेड़ों से पूछा, तो पेड़ों ने कहा–
बेटा, पूछना है, तो पूछो कि यह कैसे उजड़ती है . . .

उस शाह–सवार ने एक शाख़ को थाम लिया
और पेड़ के बदन को सहलाता
हौले–से कहने लगे –
बाबा, क्या वादी में ख़ुदा नहीं बसता?
पेड़ हँस से दिए, कहने लगे–
बेटा, बहुत से ख़ुदा बसते हैं, लेकिन लोगों में नहीं रहते
कुछ लोग हैं, जिन्होंने अपने ख़ुदा अब नज़रबंद कर दिए . . .

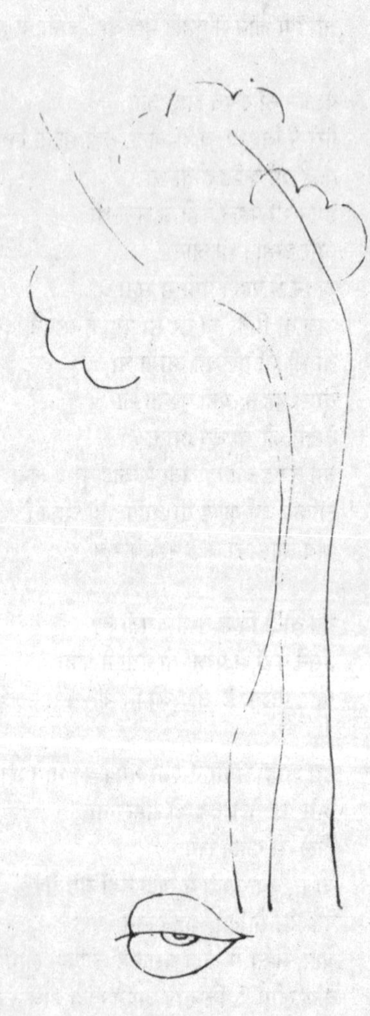

और किसी ख़ुदा का बंदा
दूसरे ख़ुदा के घर को गिराता है
और दूसरे ख़ुदा का बंदा
उस पहले के ख़ुदा का घर भी जला देता है . . .
और वादी की चीख़ें क़ब्रों की कोख में पड़ती हैं
और फिर मिट्टी से जन्म लेती हैं . . .

शाह–सवार ने देखा
कि पैरों तले की ज़मीन कुछ कांपने–सी लगी . . .
वह कहने लगा–मैं नया आया हूँ
इस वादी सें कैसे रहूँगा?
मुझे तो सुनहरा काल बनना था
क्या बेमुराद लौट जाऊँगा?

पेड़ों ने कहा–
अभी तुम्हें राह में वह मिलेगा, जो गए वर्ष आया था
और जो कभी तुम्हारी तरह
वर्ष कुण्ड को खोजता वादी में गया था
तुम उसी से पूछ लेना!
हम तो बस इतना–भर जानते हैं
कि जो भी वर्ष आता है
वह कांपता हुआ वादी से लौटता है
यहीं घड़ी–भर बैठता है और पूछता है–
कि कुण्ड को कोई श्राप कैसे मिला था?
वह कब तक श्रापित रहेगा?

और एक बड़े से पेड़ ने जो चार पत्ते बाक़ी थे
उनमें बदन को लपेट लिया और कहा–
बेटा, जबसे दुनिया में आया हूँ यही देखता आया हूँ
पर अज़ल से एक बात चली आती है
कि एक वर्ष कुण्ड होता था

और जो भी वर्ष आता था उससे मुराद पाता था . . .
जाने यह किस काल की गाथा . . .
वह जो सात घोड़ों के रथ में आया था
बदन पर उतर आए अंधेरे को देखता
पेड़ों के पास होकर पेड़ों के पैर छूकर
ख़ामोश , वादी की ओर चलने लगा
तो एक नज़र मिट्टी के ढेर को देखता खड़ा–सा रह गया . . .

जाने कैसी हवा चलने लगी कि उसे लगा–
मिट्टी का ढेर कुछ हिलने–सा लगा
और उसकी ओर सरकने–सा लगा
पेड़ों ने कहा–बेटा,
ऐसे ही कभी–कभी धूल उड़ती है
कुछ पराछाइयाँ–सी दिखती हैं
जाने वे बीत गए वर्षों की हैं, जो यहाँ आती और रोती हैं
हवा भी कुछ बावरी–सी होती है
और यह मिट्टी सिसकती–सी लगती है
तुम जाओ! अब बहुत वक़्त बाक़ी नहीं

नए वर्ष ने कंधों पर कंबल ले लिया
सात घोड़ों के रथ को पीछे लौटा दिया
और वर्ष कुण्ड की मिट्टी को देखता
एड़ियाँ झाड़ता, वादी को चल दिया . . .

सन् १९९३

दुआ

मेरी ख़ामोशी की गली से
अक्षरों के साये गुज़रते रहे
और रात की दहलीज़ पर
तारे दुआ करते रहे . . .